D1500543

Nous remercions le Conseil des Arts du Canada,
le ministère du Patrimoine canadien et la SODEC
de l'aide accordée à notre programme de publication.

 LE CONSEIL DES ARTS
DU CANADA
DEPUIS 1957

THE CANADA COUNCIL
FOR THE ARTS
SINCE 1957

Patrimoine
canadien

Canadian
Heritage

SODEC
Québec ⚜

Illustration de la couverture
et illustrations intérieures:
Gaétan Chagnon

Édition électronique:
Infographie DN

Dépôt légal: 1er trimestre 1998
Bibliothèque nationale du Canada
Bibliothèque nationale du Québec

123456789 IML 98

Fugues pour
un somnambule

COLLECTION
PAPILLON

**DU MÊME AUTEUR
AUX ÉDITIONS PIERRE TISSEYRE**

Collection SÉSAME

Le cœur en compote, 1997.

Données de catalogage avant publication (Canada)
Chagnon, Gaétan, 1962-

    Fugues pour un somnambule

    (Collection Papillon; 57)

    Pour les jeunes.

    ISBN 2-89051-685-7

    I. Titre II. Collection: Collection Papillon
    (Éditions Pierre Tisseyre); 57

PS8555.H274F83 1998   jC843'.54   C98-940030-1
PS9555.H274F83 1998
PZ23.C42Fu 1998

Fugues pour un somnambule

roman

Gaétan Chagnon

**ÉDITIONS
PIERRE TISSEYRE**

5757, rue Cypihot, Saint-Laurent (Québec) H4S 1R3
Téléphone: (514) 334-2690 – Télécopieur: (514) 334-8395
http://ed.tisseyre.qc.ca
Courriel: info@ed.tisseyre.qc.ca

À Jean,
pour son amitié et son soutien

1

L'absence de grand-père

Je m'ennuie beaucoup de grand-père Laurier. Il me manque tellement que parfois je pleure le soir dans mon lit. On avait tant de plaisir ensemble. Avec lui, je me sentais quelqu'un d'important. On jouait aux dames et aux échecs. Je l'accompagnais partout : au parc, au cinéma, à l'épicerie, même au centre d'accueil pour rencontrer ses vieux amis.

Et surtout, je pouvais tout lui confier : mes ennuis, comme cette fois où j'ai brisé un carreau de la fenêtre du salon avec une balle ; mes chagrins, par exemple quand j'ai perdu Trottineux, mon hamster. Grand-père Laurier m'écoutait toujours sans m'interrompre. Et il me comprenait.

Mais voilà que grand-père m'a quitté. Il est mort quelques jours avant Noël. Quand je pense que je ne le reverrai plus jamais, je mouille encore mon oreiller.

— Au moins, il t'a laissé un beau souvenir avant de partir, dit maman pour me consoler.

C'est vrai que j'aime beaucoup cette petite corne d'ivoire que grand-père m'a offerte deux semaines avant de mourir. On dirait une mini-défense d'éléphant.

Seulement ce n'est pas comme s'il était là, en chair et en os.

— Depuis que grand-père est mort, dis-je en reniflant, j'ai l'impression d'être nul, un gros zéro.

— Antoine, mon chéri, ôte-toi ça de la tête tout de suite ! proteste maman. Tu comptes toujours autant pour papa et moi... et ton grand frère...

Maman essaie de me montrer à quel point je suis important pour eux.

Elle me caresse les cheveux en me rappelant nos amusantes vacances au lac des Sables, nos nombreuses sorties de famille.

— Ce ne serait pas pareil sans toi, mon poussin. Tu as le don de nous faire rire.

Ses paroles me rassurent un peu. Un sourire naît sur mon visage.

Mais, dès qu'elle quitte ma chambre, un grand tourbillon creuse mon ventre. Je sens de nouveau le vide, l'absence de grand-père. Sans lui, je suis vraiment un enfant ordinaire.

Je ne suis ni beau ni laid, ni grand ni petit. À l'école, mes notes se situent dans la moyenne. Et je n'ai aucun talent particulier. Tandis que les autres élèves de ma classe ont tous de quoi les mettre en valeur.

Émilie, par exemple, dessine comme une vraie pro. Elle trace les plus beaux bateaux du monde et aussi des oiseaux magnifiques. Philippe et Myriam sont les deux génies de la classe; ils ont toujours les plus fortes notes. Avec ses quelques poils sous le nez, Maxime, lui, est la coqueluche du groupe. Les filles se pâment d'admiration dès qu'elles le voient.

Même Éric, qui échoue dans la plupart des matières, trouve le moyen de se démarquer. Il épate tout le monde avec ses animaux exotiques. Parfois, le prof lui permet d'en amener un à l'école. Alors là, il joue la vedette. Qu'il se promène avec son iguane, son furet, son cacatoès ou sa tarentule, tous les élèves tournent autour de lui. Il devient instantanément le gars le plus populaire de l'école. Il paraît même qu'il a un boa constrictor chez lui. Encore heureux qu'il soit trop gros pour qu'Éric puisse l'amener! Il y a quand même des limites. Après tout, l'école, ce n'est pas un zoo!

Je l'avoue, je suis un peu jaloux. Moi aussi, j'aimerais qu'on me remarque.

Ah! il y a bien mon ami Frédéric qui n'est guère plus populaire que moi. Seulement, lui, il s'en fout. Il ne s'intéresse qu'à l'astronomie. Il parle sans arrêt des planètes, des galaxies, des comètes, des trous noirs et de tous ces corps célestes un peu bizarres.

Frédéric veut devenir astronaute. Je suis certain qu'il réussira : il est toujours dans la lune... ou sur une quelconque planète.

Ça le fâche quand je le taquine de la sorte :

— Frédéric, m'écoutes-tu? Lâche un peu tes Martiens, je te parle !

— D'abord, tu sauras, Antoine Lalonde, qu'il n'y a aucune vie sur Mars.

— C'est normal... on est rendus en avril.

— Débile ! Tu ne t'intéresses vraiment à rien.

Alors Frédéric s'en va bouder. Je me retrouve donc seul. Mais ça ne change pas grand-chose, puisque Frédéric ne m'écoute pas la moitié du temps.

Mon ami a raison : je ne m'intéresse à rien. Ma vie est plate. Il ne m'arrive jamais rien de spécial, sauf durant la nuit...

2

Des nuits mouvementées

Chaque fois, c'est pareil. Quand j'approche de la table pour déjeuner et que j'aperçois le petit sourire en coin de mon frère Simon, je sais que ÇA s'est encore produit. La nuit a dû être mouvementée.

Simon a quatorze ans; il est mon aîné de trois ans. Et il se prend pour un adulte. C'est fou ce que ça peut faire d'avoir quatre ou cinq poils sous le nez! Ça rend prétentieux et arrogant.

Bien sûr, je ne parle pas de moustache dans son cas. Ni dans le cas de Maxime à l'école. Car l'ombre qu'ils ont au-dessus de la lèvre supérieure est encore moins apparente qu'une trace de jus de raisin.

Simon ne me lâche pas des yeux, tout en mâchant sa rôtie comme un chameau. Je sens qu'il s'apprête encore à se moquer de moi. J'évite de le regarder. C'est peine perdue. Il va la dire, sa niaiserie.

— Tiens! le Ti-pit somnambule est réveillé. Cette fois-là, c'est vrai, tu t'es promené les fesses à l'air partout dans la maison.

— Simon! Laisse-le tranquille! lui dit papa sur un ton pas très convaincant, avant de replonger le nez dans son magazine de mode.

Plus sourd qu'un ver de terre, Simon en rajoute:

— Tu es même allé embrasser la petite voisine.

— Simon! Je t'en prie... dit maman. Ça suffit!

Je fronce les sourcils en fixant ma mère. Je suis sûr que j'ai la figure en point d'interrogation. Je pense que

16

maman devine ma question. Elle tente de me rassurer :

— Oui, Antoine, tu t'es encore promené cette nuit. Mais tu sais très bien que ça n'a rien d'extraordinaire. Des milliers d'enfants sont somnambules.

Je me tais. J'attends la suite. J'aimerais surtout qu'elle ajoute que j'étais bel et bien en pyjama. Même si je suis persuadé que Simon a dit que j'étais nu seulement pour se moquer de moi. Sauf que ma mère reste muette. Je ne vais surtout pas lui poser la question. Simon serait trop fier de son coup. Il saurait qu'il a semé le doute dans mon esprit. Pas question !

— Antoine…

Enfin, ma mère se décide à parler…

— Antoine, sors de la lune. Dépêche-toi de manger, si tu ne veux pas être en retard à l'école.

Zut ! Pour elle, l'incident est clos. Je ne saurai jamais le fin mot de l'histoire.

Mes parents prétendent que je suis somnambule depuis trois ou quatre ans. Je me lève parfois la nuit et je me promène dans la maison.

Une fois, je me suis même rendu à la cuisine me préparer un SUPER

GROS SANDWICH DÉGUEU... : beurre d'arachide, yogourt, moutarde, banane et... sardines! BEURK! Le pire, c'est que j'y ai goûté! Le lendemain, évidemment, je ne me souvenais plus de rien. Seulement j'avais un drôle de goût dans la bouche et la cuisine était toute à l'envers.

Heureusement pour mes parents, je ne suis pas toujours aussi terrible. Et puis ils ont l'habitude maintenant.

Au début, quand ils me réveillaient, je devenais très maussade. Comme ils ne savaient plus comment agir avec moi, ils ont consulté une spécialiste de l'hôpital pour enfants.

La dame leur a dit de ne pas s'inquiéter. Les chercheurs n'ont pas encore trouvé la cause du somnambulisme, mais il n'y a aucun danger. Comme de se blesser ou de faire des folies. D'habitude, le somnambule se décourage très vite. Au premier obstacle qu'il rencontre – une porte fermée ou un gros meuble à contourner –, il retourne se coucher; sinon il suffit de lui demander d'aller au lit et il obéit tout de suite. Il paraît aussi que, la plupart du temps, ce drôle de phénomène disparaît quand on devient ado.

Au fond, j'ai hâte que ça finisse. J'en ai assez des histoires farfelues inventées par mon cher frère !

Malheureusement, c'est loin d'être fini. Depuis la mort de grand-père, j'ai l'impression que je me lève beaucoup plus souvent la nuit.

Quelle journée débile ! D'abord, elle a très mal débuté, avec les plaisanteries de Simon.

Ensuite, comble de malheur, le prof de français, monsieur Brosseau, nous a donné deux semaines pour préparer un exposé oral. Le sujet, un vrai cauchemar : EN QUOI SUIS-JE DIFFÉRENT DE MES CAMARADES ?

Moi qui suis si ordinaire, qu'est-ce que je pourrais raconter ?

Puisque Frédéric demeure juste en face de chez nous, on revient ensemble de l'école. Pour une fois, il a quitté sa base lunaire pour venir à ma rescousse.

— J'ai trouvé ! dit-il, comme s'il venait d'avoir l'idée du siècle. Tu pourrais parler de ton somnambulisme.

— La belle affaire! C'est ça, ton idée géniale? Je dis, devant toute la classe, que je suis différent parce que je suis somnambule. Un gros cinq secondes sur deux minutes d'exposé!

— Après ça, tu racontes plein de trucs dont tu m'as déjà parlé. Par exemple, que ce n'est pas dangereux de réveiller un somnambule. Mais qu'il est souvent grognon quand on le réveille. Qu'il suffit de lui dire d'aller se coucher...

— Quinze secondes.

— Tu pourrais dire aussi qu'un somnambule, ça ne marche pas toujours comme un zombi, les bras tendus devant lui.

— Un autre cinq secondes. Ça fait vingt. Et tu voudrais sans doute que j'ajoute les stupidités de mon frère? Non, merci! Trouve un autre sujet, si tu veux vraiment m'aider.

— Tu le fais exprès, Antoine! Je trouve des idées, mais tu ne veux rien savoir.

— Facile à dire, pour toi! Toute la classe sait déjà de quoi tu vas parler: les planètes, encore les planètes, toujours les planètes.

— Au moins, moi, je m'intéresse à quelque chose…

Que puis-je répondre à ça? Frédéric a raison.

La plupart du temps, on va jouer sous le pont Jacques-Cartier avant de retourner à la maison. Il y a un grand parc. Et c'est tout près de l'endroit où j'habite.

Seulement, ce soir, je n'ai pas le cœur à jouer. Frédéric non plus. Je l'ai un peu vexé. Alors on rentre. Je devrai trouver tout seul un sujet pour mon exposé.

3

Les pouvoirs de la corne

C'est étrange, on dirait que la corne d'ivoire que m'a donnée grand-père a un pouvoir.

Chaque fois que je la porte pour dormir, je fais un drôle de rêve et je suis somnambule.

Évidemment, ma mère me défend de la garder pour la nuit.

— Tu risques de t'étrangler avec cette corde-là, dit-elle.

Moi, je dis qu'elle est beaucoup trop longue. Mais maman ne veut rien entendre. Alors le soir, j'attends qu'elle soit venue m'embrasser avant de remettre mon porte-bonheur à mon cou. Et je le cache sous mon pyjama.

Hier soir, Simon a failli tout gâcher. Mon frère a la permission de se coucher une heure plus tard. Et ça l'amuse beaucoup de me le rappeler. Il trouve toujours un prétexte pour venir m'embêter dans ma chambre.

— Comment! tu ne dors pas encore? qu'il m'a demandé, comme s'il se prenait pour mon père.

— Qu'est-ce que tu veux encore? Laisse-moi donc tranquille!

— Je veux mon baladeur.

— Je ne l'ai pas, ton baladeur. D'abord, comment l'aurais-je? Tu ne veux jamais me le prêter!

— Tu l'as peut-être piqué...

— Fous-moi la paix!

— Tut-tut! Ce n'est pas comme ça qu'on parle à son grand frère. Fais un beau dodo, là!

Il m'énervait tellement que j'ai crié:

— MAMAN!

— Bonne idée d'appeler maman, a dit Simon. Elle va voir que tu gardes ta corne pour dormir.

ZUT! J'avais oublié de la cacher sous mon pyjama. Alors je l'ai supplié de ne rien dire. Mon « gentil » frère a accepté...

— Je vais la fermer, dit-il, mais à certaines conditions : d'abord, tu me laisses toujours le dernier morceau de gâteau...

— D'acc!

— ... et le contrôle de la télécommande... et tu sors les ordures à ma place... et tu tonds la pelouse tout l'été... et...

— HOLÀ! ai-je protesté. Tu exagères!

— C'est à prendre ou à laisser!

Je trouvais qu'il y allait fort. Par contre, je voulais à tout prix dormir avec ma corne; j'ai donc accepté. Puis Simon est ressorti, tout fier.

Au moins, il me restait mes rêves...

Cette nuit, j'ai encore fait le même rêve étrange.

Je suis entouré d'Africains. Ils m'aident à monter sur un éléphant. J'ai un peu peur, mais je m'agrippe à ses oreilles. Au loin, il y a une montagne. Bien que personne ne me l'ait dit, je sais que je dois m'y rendre. Les

25

Africains applaudissent et m'encouragent par des cris qui ressemblent à «ALLUME BABA! ALLUME BABA!». Et l'éléphant se met en route.

Il nous faut d'abord traverser une sorte de ruisseau. L'éléphant tape si fort avec ses grosses pattes dans l'eau que je me retrouve tout mouillé. Ensuite, on doit s'engager dans une immense forêt d'arbres bizarres. Mais ma grosse bête court trop vite. Pas moyen de la freiner. Alors je pleure. Aussitôt l'éléphant ralentit et on gravit la montagne.

Parvenu au sommet, j'aperçois une petite cabane. Un vieux monsieur en sort et s'approche de nous. Je glisse sur la trompe de l'éléphant pour descendre et me retrouve face à face avec le vieillard. Il me connaît, puisqu'il prononce mon prénom avec une grosse voix impressionnante:

— Comme tu as grandi, Antoine!

Moi, je ne le connais pas. Tout de même, il a l'air très gentil. Il a une grosse barbe blanche, des cheveux aussi blancs que le lait. Et il porte une sorte de grande robe, blanche aussi.

Puis il m'ouvre les bras. Je me sens comme aspiré jusqu'à lui.

À ce moment-là, je me réveille.

En ouvrant les yeux, je suis toujours un peu frustré. J'aurais voulu lui poser des tas de questions. « Qui êtes-vous ? Pourquoi suis-je ici ? Pourquoi dites-vous que j'ai grandi ? » Mais non ! Je n'ai jamais le temps de lui demander des explications.

Soudain, la voix de ma mère me ramène à la réalité :

— Antoine, lève-toi ! Viens déjeuner, mon trésor, sinon tu vas être en retard à l'école.

SAPRISTI ! C'est vendredi ! En me réveillant, j'ai cru que c'était samedi.

Je me dépêche de m'habiller en pensant à mon rêve et à ma nuit de somnam... AH NON ! Simon va encore recommencer...

J'entre dans la cuisine à reculons et je jette un coup d'œil à mon agresseur. Il paraît plutôt inoffensif ce matin. Les bras croisés, la tête penchée, il se mord la lèvre. Il a l'air contrarié.

Puis, tout à coup, il se met à hurler et je sursaute.

— CE N'EST PAS JUSTE ! VOUS ME TRAITEZ COMME UN BÉBÉ... DANS DEUX ANS, JE POURRAI

CONDUIRE UNE AUTO. DANS QUATRE ANS, J'AURAI L'ÂGE DE VOTER. COMMENT VOULEZ-VOUS QUE JE DEVIENNE RESPONSABLE, SI VOUS NE ME FAITES JAMAIS CONFIANCE?

Je ne sais pas de quoi il parle. Mais je soupire de soulagement. Car je suis certain que Simon va me laisser tranquille ; il est bien trop préoccupé par son problème pour penser à moi.

Même si ce n'est pas très sympa, je me réjouis un peu de son malheur. Ce matin, j'ai besoin qu'on m'oublie.

Sur le chemin de l'école, Frédéric et moi, on s'amuse beaucoup à imaginer toutes sortes d'histoires sur nos aînés. Frédéric, lui, a une sœur de treize ans, qui lui tape sur les nerfs.

— Elle passe des heures devant le miroir de la salle de bains, dit-il, à placer, déplacer et replacer toujours la même fichue couette.

Je suis mort de rire en le voyant imiter sa sœur Mélanie.

— Une fois, j'ai même été obligé d'aller faire pipi sur le perron, ajoute Frédéric.

— Quand ça presse, ça presse, dis-je, comme pour l'excuser.

— Oui, mais ce que j'ignorais, continue-t-il en ricanant, c'est que le chat de la voisine se trouvait juste en-dessous...

On rigole si fort que des passants nous observent avec de drôles d'airs. Puis je dis à mon tour :

— Avec Simon, c'est pareil. Mon frère se cache dans la salle de bains pour regarder pousser les trois poils sur son menton. Mais il a surtout hâte au quatrième...

— Ah ! Comment ça ? demande Frédéric, étonné.

— Pour pouvoir les séparer dans le milieu.

Alors on se bidonne vraiment. Puis Frédéric suggère de présenter sa sœur à Simon.

— Si Mélanie tombe follement amoureuse de ton frère, dit-il, elle va peut-être accepter de couper sa mèche pour lui fabriquer une moumoute au menton.

Là, on se marre tellement que nos jambes deviennent toutes molles et on ne peut plus avancer. Frédéric est même plié en deux et se tient les côtes.

— Moumoute au menton! Moumoute au menton! que je répète.

— Hi! Hi! Hi! Arrête, Antoine, hi! hi!... sinon je vais faire pipi dans mes culottes!

Mon ami s'est laissé tomber par terre. Je ne sais plus s'il rit ou s'il pleure. Je crois que c'est le moment d'arrêter.

Un peu plus tard, sans faire exprès, mon ami me ramène les deux pieds sur terre.

— As-tu enfin choisi ton sujet pour l'exposé?

— Sapristi! J'avais complètement oublié.

— Tu te souviens, c'est pour lundi prochain! Ça veut dire qu'il te reste moins de trois jours. Penses-y! Même pas trois jours...

— Ça va, j'ai compris! Pas besoin de m'énerver davantage! Aide-moi plutôt à trouver une idée! En quoi suis-je différent, MOI, Antoine Lalonde?

— Euh!... Tu pourrais être le premier somnambule avec une moumoute au menton...

On rit encore. Mais ça ne dure pas longtemps. Mon inquiétude prend vite le dessus.

4

Simon peut aller
se rhabiller

De retour à la maison, je mange en vitesse et monte à ma chambre faire mes devoirs. C'est la condition imposée par ma mère si je veux qu'elle me rapporte deux cassettes vidéo en allant à l'épicerie.

Au début, ma mère a protesté :

— Un film, c'est bien assez ! Et surtout pas un film de vampires ! Je n'ai pas envie que tu fasses des cauchemars toute la nuit.

Comment l'amener à changer d'idée?

— Ce n'est pas juste! ai-je marmonné. Simon, lui, a des permissions spéciales. Il dort chez Sébastien.

Ma mère est restée silencieuse. Comme d'habitude, je m'apprêtais à tout laisser tomber quand m'est venue cette idée:

— Penses-y deux minutes. Simon est à son *party*. Papa est au sous-sol; il va probablement pitonner sur son ordinateur toute la soirée. Tu serais tranquille pour lire le gros livre que tu as acheté cette semaine. Ce serait chouette, non? Tu dis toujours que tu n'as pas assez de temps pour lire.

Maman m'a regardé. Je voyais bien qu'elle s'efforçait de ne pas sourire. Alors j'y ai mis le paquet: la face d'ange, les yeux clignotants, la voix mielleuse. Et j'ai insisté:

— Dis «oui», ma petite maman chérie!

— Bon, d'accord pour cette fois-ci! Une comédie et un film de vampires. À une condition... Tu fais tes devoirs avant mon retour.

— Promis, juré! ai-je lancé, avant de lui donner un gros bec sur la joue.

Je sais que ma mère aime beau-
coup lire. Elle lit des tas de livres, parfois gros comme des dictionnaires. Mais
je n'ai jamais pensé que cette passion
me servirait un jour...

Dans ma chambre, je m'installe à
ma table de travail et passe de longues
minutes à me creuser les méninges. Je
joue avec mon crayon. Je me gratte le
coco. Je me ronge les ongles. Rien à
faire! EN QUOI SUIS-JE DIFFÉRENT
DES AUTRES?

Je suis différent parce que... euh!...
Je suis différent, car... Ah zut! Je suis
différent pour mille raisons à la fois,
mais aucune en particulier. J'aime les
films d'horreur et les comédies. Je
nage assez bien. J'ai un petit nez re-
troussé. Je suis capable de rouler ma
langue comme une paille (il paraît que
c'est génétique!). Sauf que tout ça,
c'est débile! Pas question de dire des
niaiseries semblables devant toute la
classe!

Finalement, je me décide. Je vais leur
raconter que je suis somnambule.

Tant pis s'il y en a d'autres dans la classe! Après tout, le temps presse.

Quand ma mère revient avec l'épicerie, elle semble très fatiguée. En fait, elle rapporte tellement de sacs qu'on dirait vraiment qu'elle tient l'épicerie au complet au bout de ses bras.

— Repose-toi! lui dis-je. Je m'occupe du reste.

Ma mère s'assoit pendant que je range tout. Même le fromage qui pue la vieille chaussette. Et la cervelle de papa (enfin! celle qu'il voulait que maman lui achète).

Et bientôt je tombe sur les cassettes vidéo. SUPER! Un film de vampires. Justement celui que je voulais voir. Plus une comédie. Tout excité, je m'empresse de placer les dernières provisions. Quand soudain ma joie tombe à zéro. C'est que... un film de vampires... et Simon qui ne rentre pas avant demain... Évidemment, je ne crois pas aux vampires. Tout de même, je trouve plus rassurant que quelqu'un dorme dans la pièce à côté.

— Qu'est-ce qui ne va pas, Antoine? demande maman.

— Ah rien!

Je n'ai pas l'intention de lui avouer ma peur. De quoi aurais-je l'air? Après tout, j'ai insisté pour qu'elle choisisse ce film. Alors, il me faut vite une solution.

Mais quoi?

AH! COMMENT N'Y AI-JE PAS PENSÉ PLUS TÔT?

— Maman, est-ce que je peux inviter Frédéric?

— Tiens, pourquoi pas!

— Ce serait chouette s'il pouvait dormir ici. Deux films, c'est long. Ça va finir tard...

— Si sa mère est d'accord, je veux bien.

— SUPER!

Il y a de ces jours où les adultes sont vraiment des anges!

Je traverse la rue et sonne chez les Dupuis.

— Bonsoir, Antoine! me dit sa mère. Frédéric est dans sa chambre.

— C'est que... ma mère a loué un film de vamp... euh!... deux films pour

enfants et j'aimerais inviter Frédéric...
et qu'il reste à coucher aussi, parce
que c'est long, deux films.

— Hum! Pas sûre que ce soit une
bonne idée...

Madame Dupuis hésite. Elle réflé-
chit. Ne sachant trop quoi dire, je la
supplie des yeux.

— Bon! d'accord pour cette fois-ci!
conclut-elle. Mais surtout soyez sages.

— Merci, madame Dupuis!

Je me précipite vers l'escalier me-
nant à l'étage pendant que la mère de
Frédéric me parle encore.

— Remercie plutôt ta mère. Et dis
à Frédéric qu'il faut qu'il soit ici à dix
heures demain matin. Nous partons
pour la campagne.

— D'acc! lui dis-je en montant deux
marches à la fois.

J'entre comme une bombe dans la
chambre de mon ami. Il explose:

— HOUAAAAA! T'AURAIS PU
FRAPPER, IDIOT!

Je m'excuse. Et Frédéric a vite fait
de me pardonner quand je lui apprends la bonne nouvelle.

En cinq minutes, on est installés
chez moi devant la télé avec des chips
et des boissons gazeuses.

Tout au long du premier film, on a ricané comme des hyènes. Maintenant, si on rit, c'est plutôt nerveusement. Ce film est vraiment très effrayant. Je ne peux m'empêcher de crier chaque fois qu'un vampire apparaît. Frédéric, lui, fait le brave :

— Tu sais, moi, les films de vampires... J'ai beaucoup plus peur du dentiste.

OUAIS ! OUAIS ! Monsieur Courage...

Mon ami ne crie peut-être pas, mais il est blanc comme une dent. On jurerait que les vampires lui ont sucé la veine du cou.

Je garde ces réflexions pour moi. Pas question de le vexer ! Je ne veux surtout pas dormir tout seul.

Comme ma mère avait installé un matelas pour Frédéric dans ma chambre, j'étais rassuré. J'ai donc pu m'endormir.

Au cours de la nuit, j'ai rêvé de nouveau : les Africains, l'éléphant, le ruisseau, la forêt, la montagne, le vieillard. Et surtout :

— Comme tu as grandi, Antoine ! ANTOINE... ANTOINE... ANTOINE...

Je me demandais ce qui lui prenait tout à coup. Pourquoi mon vieux monsieur me secouait-il les épaules en répétant mon prénom sans arrêt? Puis, en ouvrant les yeux, j'ai compris. J'avais été somnambule et Frédéric m'avait réveillé en me secouant comme un vieux tapis poussiéreux.

Sur le coup, je me suis montré grincheux. Toutefois, j'ai vite retrouvé ma bonne humeur. Car Frédéric venait de me rendre un grand service, sans le savoir. J'avais maintenant LA PREUVE que, en pleine crise de somnambulisme, je gardais bel et bien mon pyjama.

À l'avenir, avec ses histoires de fesses à l'air, Simon pourra aller se rhabiller!

5

Mes heures de gloire

Comme prévu, Frédéric est rentré chez lui ce matin à dix heures. Le chanceux partait pour la campagne, mais c'était loin de l'emballer. D'abord, Frédéric trouve le voyage Montréal–Magog ennuyeux à mourir. Ensuite, il aurait parié n'importe quoi – même son beau télescope – que Mélanie allait les faire suer tout au long du voyage. Puis le pire dans tout ça: la visite chez son grand-père à Sherbrooke.

— Tu devrais le voir, m'a dit Frédéric. Mon grand-père est plus grognon encore qu'un somnambule qu'on réveille. Et il déteste les enfants. Il passe son temps à répéter : «Allez jouer dehors ! Allez jouer dehors !»

Bien que je n'aie pas voulu mettre la parole de mon ami en doute, j'imaginais difficilement un tel grand-père. Le mien avait été si formidable.

Frédéric est donc parti à regret, en me promettant de m'inviter à son chalet dès qu'ils seraient bien installés. Je ne peux pas dire que l'idée me plaisait beaucoup, à cause de la visite chez le grand-père bougon. Mais j'ai agi comme si j'avais très hâte, pour ne pas le décevoir.

Voilà donc un samedi triste comme une fête sans cadeau, où je ne sais pas quoi faire de mes dix doigts. Alors l'heure de dormir arrive un peu comme une délivrance. Je me couche sans rouspéter. Je serre très fort ma petite corne d'ivoire, en demandant à grand-père Laurier de rendre mon dimanche moins ennuyeux.

Je vais bien voir si cette corne a vraiment un pouvoir.

Cette nuit encore, les Africains sont au rendez-vous. Mais on dirait qu'ils sont plus nombreux. Ils paraissent plus agités aussi, crient plus fort «ALLUME BABA! ALLUME BABA!» et sautent sur place en tapant des mains.

Même l'éléphant est surexcité. Il secoue sa grosse tête, lève sa trompe très haut en barrissant si fort que j'en ai mal aux oreilles.

Je n'ai pas du tout envie de faire un tour d'éléphant. Malgré cela, mes amis me forcent à monter sur son dos. Et l'éléphant part à toute vitesse.

Il court si vite que je suis mort de peur. En traversant le ruisseau, il est forcé de ralentir. Tant mieux! Je reprends mon souffle, pendant qu'il me mouille de la tête aux pieds en frappant avec ses grosses pattes dans l'eau. D'habitude, le soleil me réchauffe, mais cette fois-ci... «grrrrrr!»... le vent s'est levé et j'ai froid, même très froid.

On entre maintenant dans la forêt, que je ne reconnais pas. À cause de nombreux obstacles nouveaux: des troncs d'arbres par terre qui bloquent le chemin, de grands trous sombres à contourner, d'immenses rochers à escalader. Mon éléphant avance péniblement. À chaque pas, j'ai l'impression de faire autant d'efforts que lui. Puis soudain je panique: ET SI ON ÉTAIT PERDUS!

— AH NON, PAS ÇA! me dis-je d'une voix remplie d'émotion.

Je me penche sur le cou de ma grosse bête pour me réchauffer et me calmer.

On poursuit notre route interminable à travers la forêt. Et tout à coup, d'étranges créatures envahissent la nuit et passent tout près de nous en poussant des «VROUOUOUOU!». Elles nous regardent avec de gros yeux lumineux, terrifiants. Je me retiens pour ne pas crier. Je crois que je vais mourir.

Mon éléphant et moi sommes épuisés. Jamais on n'aura la force de lutter contre ces créatures diaboliques qui n'attendent que le moment propice pour nous dévorer. On est perdus. Je pleure.

Mais bientôt je retrouve espoir. On commence à escalader la montagne. Courage! Peut-être échappera-t-on à ces méchantes créatures.

Lorsqu'on arrive enfin au sommet, il y a beaucoup de lumière et les bêtes ont disparu.

— YAOU! HOURRA! ON A RÉUSSI...

Mon vieux monsieur s'avance vers nous en souriant. Je suis soulagé, ému, épuisé. Je ris et je pleure à la fois. Je glisse sur la trompe de l'éléphant et cours me réfugier dans ses bras.

— Comme tu as grandi, Antoine!

Cette voix est rassurante comme l'était celle de grand-père. Sauf que... AÏE! AOUTCH! POURQUOI ME SERRE-T-IL SI FORT DANS SES BRAS?

Quand j'ouvre les yeux, je suis aveuglé par une forte lumière. Ma mère me tient dans ses bras. C'est donc elle qui me serrait au point de m'étouffer?

Où suis-je? Que m'est-il arrivé? Je sais que j'ai été somnambule, à cause du rêve, mais... Qui sont tous ces gens autour de nous? FLASH! FLASH! On me prend en photo? Je crois que... Je commence à comprendre... C'EST ÉPOUVANTABLE! Comment me suis-je rendu jusqu'ici? FLASH! Sur... sur... LE PONT JACQUES-CARTIER? FLASH! FLASH! J'ai été somnambule et je

me suis rendu sur le pont Jacques-Cartier?

Et la spécialiste qui disait qu'au premier obstacle... FLASH! Je n'en reviens pas!

Maintenant, tout s'explique: le froid inhabituel dans mon rêve, les nouveaux obstacles, l'étape de la forêt longue à n'en plus finir, les créatures grondantes avec des yeux lumineux – sans doute des autos!

Ma mère me dit des paroles réconfortantes, mais je n'ai pas du tout besoin d'être rassuré. Je suis plutôt fasciné. Je regarde partout. Je ne veux rien manquer. Il y a la police... CHOUETTE!... des gens qui interrogent mon père, d'autres avec des caméras... FABULEUX! C'EST LA TÉLÉ! Je vais passer à la télé! SUPER CAPOTANT! J'imagine la tête que va faire Frédéric...

Au bout d'un moment, la foule commence à se disperser. Mes parents remercient les policiers et on rentre. Dans l'auto, c'est le silence complet. Comme si chacun de nous avait filmé l'événement et prenait le temps de rembobiner sa cassette.

Ensuite, tout le monde parle sans écouter ce que les autres racontent. J'essaie de leur dire combien j'étais surpris lorsque je me suis réveillé.

— J'étais en train de rêver, puis là...

Mais maman me coupe la parole :

— J'ai eu la peur de ma vie ! Mon cœur se débattait comme... comme...

— Une porte qui bat au vent, interrompt papa. Je me suis dit : « Une porte qui bat au vent, ce n'est pas normal ! » Alors je me lève. Je me rends compte qu'Antoine n'est pas dans sa chambre. J'appelle la police.

— ... ce n'est pas possible, continue maman. Je n'arrêtais pas de pleurer. Mais quand j'ai vu mon trésor sur le pont...

— Là, j'ai tout de suite pensé au pont, ajoute papa. J'ai dit : « J'espère qu'il n'est pas tombé à l'eau ! »

HEIN ? LE PONT SERAIT TOMBÉ À L'EAU ! Qu'est-ce qu'il raconte ?

— L'auto était à peine arrêtée, renchérit maman, que j'ai couru le prendre dans mes bras.

Qui a-t-elle pris dans ses bras au juste, moi ou le pont ? Je ris de cette drôle de question dans ma tête. Surtout

48

de la drôle d'histoire que ça donne, quand des personnes parlent sans s'écouter.

Comme on demeure très près du pont, on est déjà arrivés. Ça a tout l'air que Simon est impatient de connaître toute l'affaire, puisqu'il nous accueille sur le perron... EN CALEÇON ! Et il me regarde avec de gros yeux de ouaouaron. J'imagine ça : UN OUAOUARON EN CALEÇON ! Et je ris dans ma barbe, même si elle n'a pas encore poussé.

On entre et je laisse mes parents lui raconter toute l'histoire (enfin ! leurs versions). J'espère que Simon va arriver à tout démêler. Moi, je n'écoute plus qu'à moitié.

J'entends surtout une petite voix dans ma tête qui dit :

— Voilà enfin le sujet de ton exposé ! LE SUJET DU SIÈCLE ! Tu vas tous les épater.

Je jubile. Fini le petit Antoine ordinaire, sans importance !

Le sujet du siècle

Avant de sauter à bas du lit, j'embrasse ma petite corne magique pour remercier grand-père. Je lui avais demandé de rendre mon dimanche moins ennuyeux. Je peux dire qu'il a réussi. Je suis tout excité.

En fait, il n'y a que deux petits nuages dans ma journée.

D'abord, Frédéric est à la campagne ; je ne le verrai pas avant demain.

Ensuite, je devrai attendre aussi avant d'avoir ma photo dans le journal.

Il paraît que les journalistes n'avaient pas le temps d'écrire un article pour l'édition de ce matin; il était près de minuit quand on m'a retrouvé. QUAND MÊME! Ils auraient pu se permettre une petite exception! Ce n'est pas tous les jours qu'on retrouve un somnambule sur un pont.

Enfin! il me reste la télé.

J'enfile mon t-shirt et mon pantalon. Je suis prêt pour le déjeuner. Ma promenade de somnambule m'a creusé l'appétit.

En descendant l'escalier, j'essaie de ne pas paraître trop content. Je ne cours pas. J'évite de sourire. Sinon mon frère pourrait me traiter de tête enflée.

— Tiens! notre vedette nationale, dit Simon en me voyant arriver. Une chance que tu n'avais pas les fesses à l'air, cette fois-là.

Je hausse les épaules. Sa plaisanterie ne me dérange même plus. Un autre bon point de gagné!

— Tu nous a fait une de ces peurs, mon poussin, dit maman en me caressant les cheveux.

D'habitude, je proteste quand elle m'appelle son poussin. Mais ce matin, je trouve ça plutôt amusant, sans trop savoir pourquoi.

— Regarde comme elle est ingénieuse, ta mère poule, quand elle veut empêcher que son poussin s'échappe du nid, dit papa en pointant la porte de sortie avec son menton.

En voyant le système d'alarme de ma mère, je pouffe de rire. Elle a attaché trois ou quatre chaudrons à la poignée de porte. Elle voulait être sûre de se réveiller si son somnambule de fils s'apprêtait à fuguer.

— C'est mieux que rien ! précise maman, un peu vexée. En attendant de dénicher un meilleur système. Et puis je n'ai pas envie d'aller le chercher en Chine, ce garçon-là.

Et dire que ma mère prétend que j'exagère !

Ensuite, mes parents me laissent déjeuner tranquille et discutent entre eux. Mon père parle de la lenteur des policiers. Ma mère, elle, ne comprend pas pourquoi personne ne s'est arrêté en me voyant marcher dans les rues. Elle dit que les gens sont égoïstes. Elle dit aussi que c'est un miracle que je sois encore en vie. J'aurais pu me faire frapper. Un maniaque aurait pu m'enlever.

Elle reste silencieuse un moment. Je crois qu'elle s'imagine d'autres catastrophes qui auraient pu me tomber dessus.

Une vraie journée de fous! Au début, ça ressemblait à un dimanche ordinaire. Je regardais la télé avec Simon. Papa écoutait la radio pour entendre l'entrevue qu'il avait accordée à CJTL ou CKTL ou quelque chose comme ça. Et maman téléphonait partout pour parler du gros drame de la veille.

Puis le moment tant attendu arriva: j'étais là, sur le pont Jacques-Cartier, devant des centaines de milliers de téléspectateurs. FORMIDABLE! FABULEUX! SENSATIONNEL!

«Il s'agit du jeune somnambule, Antoine Lalonde», a dit le reporter.

J'étais célèbre. Je ne tenais plus en place.

C'est alors que les choses se sont gâtées. Tout le monde est devenu un peu fou.

Ma mère est retournée à son téléphone. À force de répéter et répéter toujours la même histoire, elle était comme un automate. On aurait dit qu'elle se prenait pour un message enregistré.

Après m'avoir vu à la télé, mon père est devenu fou à son tour. Il ne savait plus vraiment à qui il avait accordé son entrevue. Il est donc passé d'une fréquence à l'autre. Lentement d'abord. Puis il en est venu à écouter un tas d'émissions en même temps, en tournant le bouton très vite. Il voulait absolument entendre sa voix à la radio. Je pense qu'il était un peu jaloux de mon succès.

De mon côté, MALHEUR! j'avais oublié d'enregistrer mon exploit. Voilà pourquoi j'ai commencé à être zinzin, moi aussi. Je n'allais surtout pas manquer une autre occasion de le faire.

Alors j'ai *zappé* de plus en plus vite, comme une machine détraquée. Ahuri, mon frère a tenté de m'arracher la télécommande. D'après nos accords, il avait maintenant la priorité. Puis Simon est devenu complètement dingue. Il s'est mis à crier. Moi aussi. Et bientôt mon père s'est mis de la partie, parce qu'il n'entendait plus sa radio. Et ma mère, parce qu'elle ne s'entendait plus parler.

Et même le commentateur sportif à la télé. Ça criait partout. Je me serais cru au zoo dans une cage de chimpanzés.

Résultat : PLUS DE TÉLÉ JUSQU'À L'HEURE DU SOUPER. Comme s'ils étaient plus raisonnables, ces deux-là! Franchement! Ma mère a repris le téléphone et mon père, sa radio. Seuls les enfants étaient punis.

Il y a de ces jours où les adultes se comportent vraiment comme des enfants!

Finalement, je me suis revu aux nouvelles à l'heure du souper et j'ai tout enregistré. J'étais très fier. Mon père, de son côté, n'a pas réussi à retrouver la station qui l'a interviewé.

J'étais déçu pour lui. À sa place, j'aurais pleuré. Mais mon père ne semblait pas trop triste. Il aurait fait un très bon comédien, je crois.

7

L'imprévisible exposé

La photo du journal est vraiment très bonne : on voit bien que c'est moi sur le pont Jacques-Cartier. Ceux qui en douteront n'auront qu'à lire l'article. C'est écrit en toutes lettres :

« Antoine Lalonde, un jeune somnambule de onze ans, a été trouvé sur le pont Jacques-Cartier dans la nuit de samedi à dimanche... »

C'est la vingtième fois que je lis le texte au complet. Je le connais presque par cœur.

J'avale ma dernière bouchée de rôtie. Je glisse le journal dans mon sac d'école. Le temps de me brosser les dents et je rejoins Frédéric. J'étais fou de joie quand j'ai vu l'auto de ses parents ce matin. Encore un vœu exaucé par grand-père.

Cinq minutes plus tard, je frappe chez Frédéric. Franchement! sa mère pourrait s'intéresser un tout petit peu au grand événement!

Tant pis! En attendant mon ami, je me promets de le laisser parler le premier, de faire comme si rien ne s'était passé. Ce sera amusant. Enfin il sort.

— Salut, champion! qu'il me dit en souriant.

Ça paraît dans ses yeux qu'il est au courant. Mais je tiens parole; je me tais.

On marche quelques instants en silence. Je commence à trouver qu'il en met du temps à réagir, pour quelqu'un qui se promène avec une vedette.

Au bout d'un moment, il se décide à dire :

— Moi qui m'attendais à te trouver déprimé, tu as l'air plutôt de bonne humeur. As-tu préparé ton exposé?

IL VIT SUR UNE AUTRE PLANÈTE OU QUOI!

— Tu n'es pas au courant?

— Au courant de quoi?

— Tu n'as pas de télé au chalet?

— Non!

— Pas de radio non plus?

— Oui, mais on l'écoute rarement. Il y a trop de parasites. Pourquoi tu me demandes ça?

— Et vous ne recevez pas le journal, je suppose.

— Non, pourquoi?... Allez! parle...

En tout cas, j'ai réussi à piquer sa curiosité. Il semble aussi impatient qu'un chien qui attend son biscuit. Je le fais languir quelques secondes de plus, pour goûter au plaisir de me sentir important. Quand je crains qu'il ne se fâche, j'ouvre mon sac, je prends le journal et le lui tends. La réaction est immédiate. Frédéric s'écrie:

— HEIN!... C'EST TOI?

— NON, C'EST LE SCHTROUMPF SOMNAMBULE! que je réponds en grimaçant, pour cacher un peu mon enthousiasme.

Mais une grosse bouffée de chaleur envahit mon corps. Je suis tellement content qu'il m'ait reconnu tout de suite.

En lisant l'article, Frédéric n'arrête pas de pousser des oh! et des ah!

— Tu vas faire fureur à l'école, dit-il.

Il en est doublement convaincu lorsque je mentionne mon apparition à la télé. Il a très hâte de voir la cassette vidéo. Son impatience le rend fou à son tour. Je me demande, à la fin, si la folie n'est pas contagieuse. Il sautille à mes côtés. Il marche à reculons devant moi. Il revient près de moi et me passe un bras autour du cou en lançant des «ouais!» triomphants. Je me trouve un peu gêné devant tant d'admiration. Ça me procure quand même une grande fierté.

Plus on approche de l'école, plus j'ai le trac. J'aurais envie de faire demi-tour. Trop tard! On a été repérés par Émilie et Myriam, qui paraissent folles de joie. Elles nous saluent avec de grands gestes exagérés des deux mains. On se croirait au retour d'un voyage sur Mars.

Elles m'ont vu à la télé. Elles n'en finissent plus d'exprimer leur surprise, leur envie.

— Tu devrais écrire un livre! dit Myriam. Ça ferait un *best-seller.*

— NON! proteste Émilie. Ce serait mieux un film. On pourrait jouer dedans. Et puis ce serait plus payant.

Je ne peux m'empêcher de sourire.

De la cour d'école jusqu'à ma salle de classe, je suis accueilli par une foule de propos, tantôt gentils, tantôt moqueurs, qui viennent de partout à la fois. Si bien que je ne sais plus qui dit quoi.

— Antoine, j'ai vu ta photo dans le journal.

— Salut, la vedette!

— Hé! Lalonde... es-tu réveillé?

— Antoine? Je t'ai vu à la télé... Super!

— Hé! le somnambule, signes-tu des autographes?

— ...

Je souris, mi-gêné, mi-orgueilleux. Je flotte sur un nuage.

Surtout, je m'interdis tout commentaire. Sinon ça bousillerait mon exposé.

Le sort a voulu que je passe en premier. Parmi tous les noms dans la boîte de monsieur Brosseau, c'est le mien qui a été tiré au hasard par Josiane, la Timide du groupe. Elle a rougi et m'a regardé avec de grands yeux désolés, comme si elle voulait s'excuser. Mais ce n'était pas la peine. Pour une fois, j'étais content de passer le premier.

Debout devant toute la classe, je commence à raconter en quoi je suis différent. D'abord, je leur dis tout ce que je sais du somnambulisme. Il y a quatre pour cent des enfants qui sont de vrais somnambules – à peu près un élève par classe. Je leur explique comment agir avec eux. J'ajoute qu'on cesse d'être somnambule, d'habitude, quand on devient ado.

Ensuite, évidemment, je présente mon propre cas : depuis quand ça m'arrive, l'attitude de mes parents, la consultation d'une spécialiste. Pour finir, bien sûr, avec «la cerise sur le *sundae*» : MA fugue, le pont Jacques-Cartier, les policiers, les photographes, la télé, le journal et même les chaudrons attachés à la poignée de la porte, ce qui déclenche un immense éclat de rire.

Tout au long de l'exposé, les élèves et même le prof étaient suspendus à mes lèvres.

J'ai presque terminé mon exposé – il me reste à faire circuler l'article de journal avec ma photo –, quand Maxime, la Moustache de raisin, entre dans la salle de classe.

— Encore en retard, Maxime! dit monsieur Brosseau. Tu viens de manquer l'exposé d'Antoine.

— Ah! je le sais, il a dû parler des somnambules et de sa promenade sur le pont Jacques-Cartier. C'est écrit dans le journal. D'ailleurs, je l'ai apporté.

Puis il s'empresse de sortir de son sac un journal que je ne reconnais pas. On parle donc de moi dans DEUX journaux! Maxime ouvre le sien et lit en imitant mal la voix d'un journaliste:

«Dans la nuit de samedi à dimanche, UN GAMIN DE NEUF ANS a été trouvé PRESQUE NU sur le pont Jacques-Cartier.»

Toute la classe pouffe de rire.

CATASTROPHE! Comment ça «UN GAMIN DE NEUF ANS»? Comment ça «PRESQUE NU»? Au bord des larmes, j'arrache le journal des mains de Maxime. Je constate, hélas, qu'il a dit vrai. Le journaliste m'a donné deux ans de moins. Et c'est écrit noir sur

blanc que j'étais «presque nu». QUELLE HONTE!

Les rires ne semblent pas vouloir s'arrêter. Je suis paralysé et couvert de ridicule.

J'aurais envie de crier que c'est archi-faux. Que j'étais peut-être nu-pieds et en camisole, mais que j'avais ma culotte de pyjama. D'ailleurs, dans mon journal à moi, il y a une photo pour le prouver. Seulement tout ça me reste pris dans la gorge.

— BON, ÇA SUFFIT! crie enfin le prof. Merci, Antoine! Tu peux te rasseoir.

Comme un zombi, je retourne à mon pupitre. Mon envie de pleurer s'est changée en colère. J'en veux à Maxime, au journaliste, à toute la classe, même à mon père. Après tout, c'est lui qui a accordé cette maudite entrevue. C'est peut-être lui qui a dit que j'avais neuf ans. Je ne lui par-donnerai jamais! Et comme si ce n'était pas suffisant, dans ma tête, j'entends déjà Simon hurler de rire.

8

La corne de malheur

Encore de l'omelette baveuse pour souper! Mon père est vraiment aussi nul en cuisine qu'en entrevue.

— Allez! mange pendant que c'est chaud, ordonne papa.

Je lui en veux tellement de m'avoir rajeuni de deux ans; pas question de faire semblant d'aimer sa maudite omelette!

La tête appuyée sur une main, de l'autre j'éparpille les petits pois avec ma fourchette. Comme on mange en tête à tête, j'ai droit à toute son attention.

— Pas de dessert si tu ne finis pas ton assiette!

S'il croit qu'il va m'avoir. Avec ses biscuits calcinés.

Quand Simon revient de son cours de karaté avec maman, je suis soulagé. Même si le sourire de mon frère me donne l'impression qu'il a hâte d'essayer ses nouveaux trucs sur moi, au moins papa me laisse un peu tranquille.

Mais bientôt maman prend la relève:

— Qu'est-ce qu'il a, mon beau petit somnambule?

Je n'ai pas envie de répondre.

— Il fait du boudin, ironise papa. Il n'aime pas l'omelette.

— Je pense que je le sais, moi, ce qui le tracasse, intervient Simon. Sébastien m'a apporté ça à l'école...

En reconnaissant le journal qu'il tire de son sac, je deviens violet, c'est-à-dire rouge de honte et bleu de colère en même temps.

— Maintenant, le monde entier est au courant, ajoute Simon, en contenant mal son fou rire.

— Au courant de quoi? demandent papa et maman, intrigués.

— C'est écrit là-dedans... hi! hi! hi!... que mon BÉBÉ frère... ha! ha! ha!... se promène les fesses à l'air.

Alors Simon ne se retient plus; il rit comme une sorcière. Aussitôt, j'éclate en sanglots et je cours me réfugier dans ma chambre.

Mes parents me rejoignent et tentent de me consoler.

— Personne ne lit ce journal, affirme maman.

— Oui, mais Maxime l'a déjà dit à toute la classe, que je réponds en pleurant.

— Et je te jure que j'ai dit «onze ans» au journaliste, pas «neuf», affirme papa.

Que je le croie ou non, ça ne change rien: le mal est fait.

Bientôt mes parents ne savent plus quoi dire. Ils me laissent seul. Je me calme un peu.

Puis, tout à coup, ma tristesse redouble. C'est que je viens de trouver le vrai responsable dans cette histoire: grand-père Laurier. Comment n'y ai-je pas pensé plus tôt?

Tout ça est sa faute. Lui et sa corne de malheur. Je lui avais demandé de rendre ma vie moins ennuyeuse, pas de la rendre encore plus misérable. En colère, j'enlève ma corne et je la jette au fond de ma garde-robe. Bon débarras!

Je pleure encore.

Évidemment, les nuits suivantes se passent sans rêve. Et j'ai cessé d'être somnambule.

Aucun doute maintenant: c'est la corne qui rendait mes nuits mouvementées.

Or tout ça est bel et bien fini. Tant mieux! Euh! Tant pis! Enfin! je ne sais plus...

Quelques jours plus tard, maman se lève en pleine nuit et me trouve assis au salon.

— Antoine! retourne dans ta chambre. Tu dors.

— Je ne suis pas somnambule, dis-je.

— Mais alors que fais-tu là, à cette heure-ci? demande-t-elle, étonnée.

Une grosse boule d'émotions dans ma gorge m'empêche de répondre. Je parviens quand même à murmurer:

— C'est la faute de grand-père Laurier...

— Mon pauvre poussin! Moi aussi, tu sais, il me manque. Mais il faut s'habituer à...

— Ce n'est pas ça! dis-je, sèchement. Grand-père m'a trahi.

Visiblement, ma mère ne comprend pas. Alors je lui explique tout. Mon désir de me sentir important, comme lorsque grand-père était vivant. Et je lui parle du pouvoir de la corne, des rêves étranges, du vieux monsieur... Je suis bien obligé aussi d'avouer que j'ai désobéi.

— Quand je dormais avec ma corne, j'avais l'impression que grand-père était là, tout près... et qu'il m'écoutait.

Puis je l'informe de la prière faite à grand-père pour rendre mon dimanche moins ennuyeux.

— Mais ça a tourné à la catastrophe, dis-je. Il a tout gâché.

Je pleure.

Ma mère me regarde avec de grands yeux tristes et affirme :

— Tu sais, Antoine, grand-père t'adorait. Je suis sûre qu'il n'aurait jamais permis qu'une chose désagréable t'arrive.

Maintenant, c'est maman qui a les yeux pleins d'eau. Elle ajoute, d'une voix tremblotante :

— Grand-père a beaucoup parlé de toi avant de mourir. Il ne voulait pas que tu sois triste en pensant à lui.

Alors maman me serre très fort contre elle. Je me sens plus léger, bien que je pleure encore.

Grand-père m'aimait donc tant que ça ?

J'ai soudain très envie que grand-père et moi soyons réconciliés.

Je retourne donc me coucher, le cœur plus léger. Maman me permet même de dormir avec ma corne.

— À condition de la glisser sous ton pyjama, dit-elle. Comme ça, tu ne risques pas de t'étouffer.

Alors je m'endors, de nouveau rempli d'espoir.

Je ne vois personne. Toutefois, j'entends une belle voix chaude et rassurante. Elle me dit que, pour atteindre le sommet de la montagne, je dois survoler la forêt. J'ai très envie d'y aller. Seulement...

— Je ne sais pas voler ! dis-je, incrédule.

— Tu n'as qu'à mettre ce collier de plumes accroché à cette branche en face de toi.

J'ai beau avoir un doute, une force étrange me pousse à prendre le collier.

— Mais n'oublie pas, ajoute la voix, que, s'il t'arrivait de ne plus pouvoir voler en perdant le collier, il ne faut pas le chercher ; tu perdrais un temps précieux. Continue plutôt d'avancer pas à pas dans la forêt. Va droit devant. Et ne voyage surtout pas sur le dos de l'âne ; il te ferait tourner en rond.

— Pas de danger ! Je vais tenir le collier et ne le lâcherai pas même une seconde, dis-je, en le passant autour de mon cou.

Aussitôt, mes pieds quittent le sol. Mais... mais... je vole vraiment. Quelle merveille ! Je découvre la manœuvre comme par magie. C'est tout simplement fabuleux, féerique.

J'avance de plus en plus vite en direction de la montagne. L'air chaud me caresse le visage. Ça donne le goût de virevolter, de pirouetter. Non! Ce serait trop risqué. À cause du collier de plumes. Alors j'avance sagement, en droite ligne.

Hélas! bientôt je ne résiste plus. Je ferme les yeux et tends les bras pour goûter au vertige du vol. Seulement quelques secondes... mais quelques secondes de trop. En fermant les yeux, je perds un peu d'altitude. Et la cime d'un arbre m'arrache mon collier de plumes. Malheur! Le voilà qui tourbillonne et se perd dans la forêt. Et je tombe aussi.

Heureusement, je ne suis pas blessé. Je suis tout juste un peu sonné. Sauf que... MISÈRE! Je n'ai plus le pouvoir de voler. Affolé, je regarde partout autour, quand la voix me rappelle:

— Continue d'avancer! Oublie le collier et va droit devant!

— Oui, mais c'était tellement plus facile de voler...

— Continue d'avancer, réplique la voix. Il te faut assumer ta perte.

Sans entrain, je me résigne. J'emprunte aussitôt le petit sentier montant.

C'est le seul qui va droit devant. Ça ne peut être que lui.

À peine ai-je parcouru une dizaine de mètres qu'un petit âne s'amène vers moi, trottinant en sens inverse. Je suis surpris de le voir. Plus encore de le voir ouvrir la gueule non pas pour braire, mais pour parler :

— Bienvenue dans la forêt du Passé, jeune homme !

Bouche bée, je réponds d'un signe de la main.

— Si tu veux atteindre le sommet, tu te trompes de route, me dit l'âne d'une voix calme qui inspire confiance.

— On m'a pourtant dit d'aller droit devant, dis-je, un peu inquiet.

— Quelle tête de mule ! Tu vois bien que j'arrive du sentier où tu vas. Je le saurais si ça menait au sommet, tu ne penses pas ?

Ça me paraît logique. Tout de même, j'hésite.

— Et puis tu sembles si fatigué, renchérit l'âne. Allez ! Monte sur mon dos et je t'y amènes au galop... euh !... au trot.

Il a beau être attachant, je pense à ce qu'a dit la voix : « Ne monte surtout pas sur le dos de l'âne ; il te ferait tourner en rond. » Ce n'est pas de gaieté de cœur, mais je lui tiens tête.

— Tu ne réussiras pas! rouspète l'âne. Tant pis pour toi!

Puis il disparaît. Pour un instant, je regrette son absence. Ç'aurait été beaucoup plus simple de voyager à dos d'âne. Et s'il avait raison quant au chemin à prendre. Inquiet, je poursuis ma route en me répétant sans cesse qu'il faut aller droit devant.

Plus j'avance, plus le sentier est escarpé. Je tiens à peine debout. J'ai les jambes molles comme des guenilles. Malgré cela, je parviens enfin au sommet.

Je n'ai même plus la force de crier victoire. N'empêche que je suis très content. Et le vieux monsieur qui m'accueille a aussi l'air très fier de moi.

— Comme tu as grandi, Antoine! me dit-il en me tendant les bras. Tu me reconnais?

— GRAND-PÈRE!

C'est alors que je me réveille, au beau milieu du salon. Je pleure de joie en touchant cette corne qui m'a permis de retrouver grand-père. Plus question de m'en séparer!

9

Ne fais pas l'innocent, Frédéric !

Ce matin, on a eu droit au dernier exposé : en quoi suis-je différent de mes camarades ? Pauvre Josiane ! Elle a décidé de parler de la timidité, évidemment.

On peut dire que son exposé était brillamment illustré. Elle était rouge comme un piment fort. Il y avait des « euh ! » tous les trois ou quatre mots. Un toussotement venait ponctuer presque chaque phrase. Et elle se balançait tellement qu'elle m'a donné la nausée. Son exposé était pour le moins convaincant... de timidité. De quoi oublier l'incident du pont Jacques-Cartier.

Enfin le prof va donner les notes! ZUT! Par ordre alphabétique.

Plus de la moitié de la classe est passée quand il arrive aux «L».

Lachance... Laliberté... Ça va être mon tour...

— Lalonde, Antoine... quatre-vingt-sept.

HEIN? QUATRE-VINGT-SEPT? GÉNIAL! Un court instant, je crois voler, comme dans mon rêve. Jusqu'à ce que Maxime me ramène les deux pieds sur terre:

— Pas pire pour un GAMIN DE NEUF ANS!

Débile! Malgré les rires que sa niaiserie entraîne, je ne me laisse pas abattre. Je touche ma corne à travers mon chandail. C'est un peu ma complice. Ça me rassure.

Au fond, je crois que ma corne d'ivoire et les rêves qu'elle m'inspire font de moi un garçon différent. C'est suffisant. Je ne cherche plus la gloire, la célébrité; l'incident du pont m'a montré qu'il y avait un prix à payer pour chaque chose... beaucoup trop cher dans ce cas-ci.

Alors elle peut toujours causer, la Moustache de raisin. Et être populaire en faisant rire toute la classe si ça lui chante. Ce ne sont pas ses remarques de «bébé-la-la» qui vont m'impressionner.

— ANTOINE? TÉLÉPHONE... hurle Simon.

Frédéric, sans doute. Il veut que je lui donne ma réponse. Aujourd'hui, à l'école, il m'a annoncé SA grande et fantastique et fabuleuse nouvelle : sa famille partait pour le chalet en fin de semaine et il m'avait réservé une place.

Disons que l'idée ne m'emballait pas plus qu'il ne le faut – à cause de la visite chez le grand-père bougon. Mais je n'allais quand même pas lui avouer ça. Alors j'ai prétexté qu'il me fallait d'abord convaincre mes parents... Que ce ne serait pas facile... Qu'ils filaient un mauvais coton... Qu'ils rouspétaient à la moindre petite demande... J'en mettais tellement que Frédéric a fini par me dire d'un ton sec :

— Dis-le donc que tu ne veux pas venir !

Je le sentais si déçu que j'ai menti le mieux que j'ai pu.

— Es-tu fou ? Depuis le temps que j'attends ce moment-là... Je vais les convaincre, tu peux en être sûr.

Frédéric a souri et m'a suggéré de lui téléphoner tôt dans la soirée.

Là, évidemment, comme je ne l'ai pas encore appelé, il s'impatiente. S'il savait que je n'en ai pas encore parlé. J'ai un peu honte, mais je me suis dit que plus je tarderais, moins j'aurais de chance que mes parents acceptent.

— Et puis ? Tu viens ou pas ?

— J'attends toujours leur réponse...

— Oui, mais mes parents ont décidé de partir ce soir...

— Minute ! je vais voir...

Je pose le combiné et je me dirige au sous-sol demander la permission à mon père. Avec lui, je devrais avoir la réponse que je veux : il dit toujours non.

— Papa ? Frédéric veut que je passe la fin de semaine à son chalet. Ils partent tout de suite.

— Ses parents sont d'accord, je suppose. C'est bon, tu peux y aller.

Ai-je bien compris? Je l'ai connu plus contrariant. Allez! je lui donne une autre chance...

— Tu es certain? Parce qu'ils reviennent très tard dimanche soir...

— Pas de problème! Amuse-toi bien!

Mon «merci» ressemble à ceux des salons funéraires quand on reçoit des condoléances. Pourquoi faut-il que les parents choisissent toujours le contraire de ce qu'on veut vraiment?

Je remonte lentement annoncer la «bonne nouvelle» à Frédéric. Au moins sa réaction m'encourage un peu: il est content pour deux.

En route pour le chalet, Frédéric a changé d'attitude. Il reste muet. Il semble nerveux. On dirait qu'il me cache quelque chose. Je m'apprête donc à m'informer de ce qui ne va pas, quand sa mère s'adresse à nous:

— J'espère que vous allez être sages tout le week-end chez grand-papa Dupuis.

COMMENT? ON PASSE TOUTE LA FIN DE SEMAINE CHEZ LE GRAND-PÈRE BOUGON? AH NON, PAR EXEMPLE! ÇA, IL VA ME LE PAYER.

— Vous irez vous coucher dès qu'il vous le demandera, ajoute madame Dupuis. Et sans rouspéter.

— Oui, oui! répond Frédéric, en évitant de croiser mon regard.

Là, je comprends pourquoi il est mal à l'aise. Qu'il compte sur moi, il va le rester. Je vais bouder le reste du voyage.

À l'avant, les adultes bavardent. C'est ainsi que j'apprends qu'ils assistent à un congrès jusqu'au dimanche midi. Et comme Mélanie est restée chez une amie, Frédéric n'a pas voulu se retrouver tout seul avec son grand-père, c'est évident.

Je regarde mon ami sévèrement.

«N'essaie pas de faire l'innocent, Frédéric Dupuis! Tu sais très bien que j'aurais refusé si j'avais su...»

10

L'incroyable Juliano

Je me demande où Frédéric a pêché ça... Son grand-père bougon? Pas une miette. Et il est loin de détester les enfants. Au contraire, depuis notre arrivée, on s'amuse comme des fous.

Hier soir, par exemple, on a veillé à la chandelle. Et Julien nous a raconté des histoires de loups-garous plus terrifiantes encore que des films de vampires. Maman n'aurait sans doute pas apprécié.

Je vous assure que Frédéric n'a pas fait le brave cette fois-ci. Il a même insisté pour qu'on dorme avec la lumière allumée.

Aujourd'hui, Julien nous réserve une surprise. Il est redescendu du grenier avec un mystérieux coffre de bois. Puis il s'est enfermé dans la pièce à côté. Frédéric et moi devons l'attendre, assis sagement sur le canapé.

Impatient, je m'informe auprès de mon ami :

— Tu dois bien savoir ce qu'il y a là-dedans ?

— Aucune idée ! répond-il en haussant les épaules. C'est la première fois que je vois ce coffre-là. Maman ne veut jamais que j'aille au grenier.

Intrigués, on tente de percer le mystère du coffre quand une grosse voix forte nous fait sursauter.

— MES CHERS AMIS, APRÈS PLUS DE CINQUANTE ANS, LE VOICI DE RETOUR... LE SEUL, L'UNIQUE, L'INCROYABLE... JULIAAAAANO !

Et la porte s'ouvre sur Julien, vêtu d'une cape noire et coiffé d'un chapeau de magicien trop petit pour lui.

Frédéric me jette un coup d'œil amusé. Puis, on pouffe de rire en chœur.

Avec son crâne chauve sur le dessus et sa grosse face rouge, son grand-père nous aurait moins surpris s'il s'était déguisé en clown.

Mais le plus sérieusement du monde, Juliano exécute des tours de magie qui ratent à tout coup.

— RIEN DANS LES MAINS! RIEN DANS LES POCHES! TOUT DANS LE COCO! dit-il, sûr de lui.

Puis il souffle sur son poing, duquel il tire une file de mouchoirs colorés attachés les uns aux autres. Le problème, c'est qu'on les voit sortir de sa manche...

Bientôt les mouchoirs restent coincés. Juliano en oublie les spectateurs. Il tire très fort dans tous les sens. À la fin, les mouchoirs sortent en grosse boule sans passer par son poing.

Alors Frédéric et moi sommes pris d'un fou rire. Juliano, lui, demeure imperturbable.

— RIEN DANS LES MANCHES! RIEN DANS LE CHAPEAU! TOUT DANS LE CIBOULOT!

Et les gaffes se succèdent à un rythme fou. Il veut faire apparaître une pièce de monnaie dans l'oreille de mon ami. Mais il l'échappe dans son cou et la pièce glisse sous le chandail de Frédéric. On rit de plus belle.

Ensuite, je coupe une corde en petits bouts. Malgré ses nombreuses tentatives, Juliano ne parvient plus à les rabouter.

— VOYEZ CES ANNEAUX REN- TRÉS LES UNS DANS LES AUTRES! enchaîne-t-il. EH BIEN, JE VAIS LES SÉPARER...

Le pauvre n'y arrive pas. Il grimace à chaque effort. La scène est drôle à mourir.

Quelques tours de magie plus tard – tous ratés bien entendu –, Juliano démissionne. On l'applaudit quand même très fort. On s'est beaucoup amusés.

Il paraît que Julien voulait devenir magicien quand il avait à peu près notre âge.

— J'étais bien meilleur à l'époque, avoue-t-il, un peu piteux.

— J'espère! plaisante Frédéric. Ce n'est pas difficile de faire mieux!

Ses yeux disent qu'il est tout de même très fier de son grand-père.

Le reste de la journée, on se promène en mobylette. Frédéric n'avait jamais osé le demander avant.

Quand vient l'heure de dormir, Julien nous accompagne et nous borde. Il nous parle de la pleine lune, des étoiles, des galaxies... Frédéric a les yeux grands comme des soleils. Son grand-père en sait autant, sinon plus que lui. Je crois qu'ils sont faits pour s'entendre, ces deux-là.

Et puis comme ça, juste avant qu'il parte, Frédéric lui a demandé :

— Pourquoi, quand on vient te visiter, ma sœur et moi, tu nous envoies toujours jouer dehors ? J'ai l'impression que tu veux te débarrasser de nous.

Sa question était si gênante que j'aurais voulu me cacher sous la couverture. Grand-père Julien, lui, a d'abord paru très surpris ; ensuite, il a semblé très ému. Il s'est assis près de Frédéric et lui a passé la main dans les cheveux, en disant d'une voix changée :

— Où vas-tu chercher ça, mon bonhomme ? J'ai eu peur que vous vous sentiez obligés de rester dans la maison, c'est tout. Mais jamais je n'ai souhaité me débarrasser de vous deux.

AU GRAND JAMAIS! Vous êtes ce que j'ai de plus précieux.

Puis il a ajouté qu'il avait peur d'ennuyer ses petits-enfants avec ses histoires souvent pas très drôles. Alors qu'ils pouvaient sans doute trouver de quoi s'amuser à l'extérieur.

— À partir de maintenant, a-t-il conclu, vous demeurerez à l'intérieur tant que vous voudrez!

Julien a embrassé Frédéric sur le front. Mon ami paraissait ému, lui aussi. Ensuite, ils ont échangé un sourire de grands complices. Moi, j'avais les larmes aux yeux; grand-père me manquait. J'avais soudain très hâte de dormir.

D'abord, tout se passe trop vite. J'entends mal la voix. Montagne... collier de plu... voler en perd... temps préci... âne... ner en rond... QUOI? Je mets le collier machinalement. Je m'envole si vite que mon cœur se retrouve dans mes talons. Je maîtrise mal le vol. Je tournicote sans pouvoir

m'arrêter. Puis je tombe. La chute est douloureuse.

Ensuite, tout devient lent, interminable. J'arrive tant bien que mal à me mettre à quatre pattes. J'ai mal partout. Je cherche à tâtons je ne sais quoi sur le sol humide. Je devrais partir. Pourtant, je m'obstine à chercher. Bientôt exténué, je me laisse tomber sur le dos.

— ANTOINE?... ANTOINE?

— AN... TOI... NE?

— Là-bas!

Soudain, je me sens soulevé dans les airs. Non, pas ça! Je proteste en me débattant:

— Non! Pas sur le dos de l'âne! Je ne veux pas. Lâche-moi!

— Du calme, Antoine! dit une voix d'homme. Tout va bien maintenant.

— On est presque arrivés, Antoine, ajoute une voix d'enfant.

Je m'abandonne.

Quelques minutes plus tard, je me retrouve à table, devant une tasse de chocolat chaud. Je me sens maussade.

Julien et Frédéric trouvent la situation très drôle.

— Ce n'est pas toutes les nuits qu'on va à la chasse au somnambule, dit Julien. En forêt, en plus!

Frédéric ricane sans arrêt. IL M'ÉNERVE!

— Quand Julien t'a ramené dans ses bras, dit-il, tu n'arrêtais pas de gigoter. Tu avais peur qu'on te mette sur le dos d'un âne. C'était assez drôle!

Puis il rit de nouveau en tentant de m'imiter.

Vexé, je boude le chocolat chaud et retourne me coucher. Mon ami n'en saura pas davantage.

Le lendemain, je me réveille un peu courbaturé, mais de meilleure humeur. Me trouvant moins maussade, Frédéric me questionne au sujet de l'âne. Je m'apprête à lui répondre, quand tout à coup...

— MERDE! MON COLLIER DE PLUMES...

— Quel collier de plumes? demande Frédéric. De quoi tu parles?

— Euh!... je veux dire la corne de mon grand-père... Je l'ai perdue dans la forêt. Il faut absolument la retrouver.

Après avoir regardé dans la maison, on se précipite dans la forêt. Frédéric

me montre l'endroit où ils m'ont ra-
massé cette nuit. Aussitôt commence
la fouille du sous-bois. Alerté par notre
bruyante sortie, Julien ne tarde pas à
nous rejoindre. On scrute le terrain
presque à la loupe.

Au bout d'une heure, Julien pro-
pose de déjeuner pour refaire nos for-
ces. Qu'ils y aillent ! JE reste ! Ils n'ont
pas idée de la valeur de cette corne
pour moi.

— Allez, viens, mon bonhomme !
insiste Julien. On va aussi chercher à
l'intérieur.

— C'est déjà fait ! que je réplique,
agacé.

— On va la retrouver, tu vas voir !
renchérit Frédéric. Viens manger !

Mais je m'entête à rester là. Alors
ils me laissent à mes efforts. Je me
sens abandonné.

Après leur déjeuner, qui m'a semblé
durer des siècles, ils reviennent avec
des râteaux. J'ai un regain d'espoir. À
trois, c'est plus encourageant. Frédéric
me tend un sandwich que j'avale sans
y goûter. Tant pis !

Les recherches reprennent de plus
belle. J'ai bon espoir. Elle doit bien être
quelque part.

Quand les parents de Frédéric reviennent, nos longues recherches sont toujours infructueuses. Du moins, en ce qui me concerne. Julien, lui, a retrouvé un tournevis, perdu l'automne dernier. Le chanceux! Je suis jaloux. Et deux fois plus malheureux. Pourquoi les bonnes choses n'arrivent-elles qu'aux autres?

Maintenant, on doit partir. Je remercie Julien en cachant mal mon envie de pleurer.

— Compte sur moi pour récupérer ton trésor! dit Julien pour m'encourager.

Quand on pense au temps qu'il a pris pour retrouver son tournevis...

De: Sherbrooke

Antoine Lalonde
273, rue des Noctambules
Montréal (Québec)
G2L 2L9

45

La lettre mystérieuse

En perdant ma corne, j'ai l'impression d'avoir perdu grand-père Laurier pour de bon. Chaque jour, depuis deux semaines, je demande à Frédéric s'il a des nouvelles de Julien. Chaque jour, j'obtiens la même réponse désolante : non.

Aussi bien me faire à l'idée : s'il avait eu à la retrouver, il aurait téléphoné depuis longtemps.

Ma mère tente de me consoler :

— Au moins, il te reste de bons souvenirs. Et ça, tu ne peux pas les perdre, et personne ne peut te les enlever.

Elle a peut-être raison. N'empêche que la perte reste douloureuse. Trop douloureuse.

J'en veux à la Vie, à la Mort, au Destin... Ils m'ont tout enlevé. D'abord grand-père. Maintenant mon plus précieux souvenir de lui. Je recommence à pleurer.

Une fois seul, je pense au collier de plumes de mon rêve. Une petite voix dans ma tête me dit qu'il faut continuer d'avancer. Pas à pas. Même si c'était plus facile de voler.

Ce soir, Frédéric m'a invité à venir observer les étoiles avec son beau gros télescope. J'ai beau fixer les astres, ma tête reste accrochée aux nuages.

Où se trouve grand-père Laurier en ce moment?

— Il est dans la lune, dit Frédéric.

Hein? Grand-père, dans la lune! Qu'est-ce qu'il raconte? Je me retourne. Ah! je comprends, il parlait de moi à sa mère. Je ne l'avais pas entendue entrer. Elle nous apporte de la limonade.

— Bonsoir, madame Dupuis.

— Bonsoir, Antoine. Ah! c'est vrai, j'oubliais, vous avez tous les deux un colis sur la table du salon.

— Un colis? demande Frédéric.

— Tous les deux?

— Oui, confirme-t-elle, c'est arrivé aujourd'hui par la poste, en provenance de Sherbrooke.

Puis elle ajoute d'un air moqueur:

— Je me demande de qui ça peut venir...

Direction salon. Au pas de course. Mon cœur bat la chamade. Et s'il l'avait retrouvée? Du calme, Antoine! Pourquoi y aurait-il deux paquets? Frédéric, lui, n'a rien perdu. Impossible de me maîtriser. L'espoir est le plus fort. Me voilà devant les colis tout excité.

Mais en voyant celui qui m'est adressé, j'ai l'impression que mon visage s'étire d'un mètre. Le colis est plat comme une crêpe. Je m'empresse de palper les quatre coins. Aucune petite bosse prometteuse. Je ne veux même pas savoir ce qu'il contient.

Je l'ouvre quand même. Par amitié pour Frédéric, j'éviterai de faire le rabat-joie. C'est ainsi que je découvre et déplie un *poster* illustrant la Voie lactée.

— Ah! c'est gentil! dis-je, sans aucune conviction.

Frédéric a reçu le même *poster*. Je sais que Julien a voulu être poli. Mais j'aurais préféré qu'il m'oublie.

Mon ami continue de déballer sa grosse boîte. Je m'efforce de sourire à chaque objet qu'il me montre. Il sort une quantité astronomique – c'est bien le cas de le dire – de bidules illustrés de planètes et autres trucs du genre: une tasse, des cartes à jouer, un livre, des gommes à effacer, et ainsi de suite. Puis il me tend une petite boîte en souriant.

— C'est pour toi!

— Comment ça?

— Ton nom est écrit dessus.

Il a raison. Alors mon cœur et mes mains et ma tête s'affolent. J'ai peur d'être déçu de nouveau. J'ouvre la boîte en me disant que c'est une poignée de sable, des morceaux d'écorce, des cailloux, des pelures de pommes de terre, des crottes de souris, des poils de rats, des...

— C'EST MA CORNE!

— Débile! C'était évident.

— Pas pour moi. Je n'osais plus y croire.

QUEL BONHEUR! Ma corne! Elle est déjà à mon cou. J'ai le sourire facile. Je saute de joie. Plus besoin de télescope ce soir! Je suis au septième ciel. Je vois des étoiles partout.

Puis je m'aperçois qu'un petit mot accompagne ce cadeau inespéré et inestimable. Je me rassois et je lis:

Bonjour, Antoine!

Désolé d'avoir mis ton objet précieux dans le paquet de Frédéric. C'était plus pratique pour l'emballage.

Tu sais, cette corne est vraiment très étrange. Tu ne devineras jamais où je l'ai dénichée. Eh bien, crois-le ou non, elle était accrochée à la cime d'un vieil érable.

Au début, je n'avais pas idée de ce qui pouvait briller à une telle hauteur. Intrigué, j'ai demandé l'aide

*d'un ami pompier, qui est venu avec
son échelle. Ce fut toute une surprise
de découvrir ta corne.*

*Je n'arrive toujours pas à m'expli-
quer comment elle a pu se retrouver
là...*

Incroyable, n'est-ce pas?

Julien

SI HAUT DANS LES AIRS? PAS
POSSIBLE! Ça voudrait dire que...

Depuis que j'ai retrouvé ma corne,
mon somnambulisme a repris, mes
rêves aussi. Bien que mes rêves soient
un peu différents d'une fois à l'autre,
j'y retrouve toujours grand-père. Seulement il ne me fait plus remarquer
combien j'ai grandi. Je crois qu'il a
compris...

Contrairement à tous les garçons
de mon âge, je ne suis pas pressé d'entrer dans le clan des Moustaches de
raisin. Surtout si je dois quitter le
fabuleux monde des somnambules.

Ainsi, chaque soir avant de m'endormir, je me dis que c'est peut-être la dernière fois... Alors j'embrasse ma corne d'ivoire en pensant très fort à grand-père Laurier.

Et bientôt je vole vers d'autres sommets inexplorés...

Table des matières

Collection Papillon
Directrice : Linda Brousseau

DATE DUE

1 0 SEPT 1998	